KB051283

그대가 돌아오는 저녁

그대가 돌아오는 저녁

초판 1쇄 발행 2016년 10월 31일
초판 2쇄 발행 2016년 11월 21일

지은이 양광모

펴낸이 김선기
펴낸곳 (주)푸른길
출판등록 1996년 4월 12일 제16-1292호
주소 (08377) 서울시 구로구 디지털로 33길 48 대륭포스트타워 7차 1008호
전화 02-523-2907, 6942-9570~2
팩스 02-523-2951
이메일 purungilbook@naver.com
홈페이지 www.purungil.co.kr

ISBN 978-89-6291-367-5 03810

*이 도서의 국립중앙도서관 출판예정도서목록(CIP)은 서지정보유통지원시스템 홈페이지(http://seoji.nl.go.kr)와 국가자료공동목록시스템(http://www.nl.go.kr/kolisnet)에서 이용하실 수 있습니다.(CIP제어번호: CIP2016025037)

양광모 시집

그대가 돌아오는 저녁

시인의 말

시를 쓰기 시작한 후 여덟 번째 시집이요, 해 지는 땅에서 해 뜨는 땅으로 生을 옮긴 후 첫 번째 시집이다. 무슨 까닭인지는 몰라도 일곱 번째 시집 이후 한 글자, 두 글자 제목의 시가 부쩍 늘었다. 분량 또한 긴 시보다는 짧은 시가 주를 이루고 있다. 아무래도 내게 생활이 부족한 까닭이리라.

돌이켜보면 인생에는 길을 잃어버리게 만드는 것들이 있는데 시 또한 그중의 하나이지 싶다. 지금도 사실은 길을 잃은 채 헤매고 있는 것이리라. 그러나 백만 년 만에 비로소 바다의 식솔이 되었으니 그런들 무슨 상관이랴. 한동안은 생이건 시건 파도처럼 드나들며 살아보리라. 아무래도 지금은 썰물이 아니겠는가.

태초부터 나의 시를 사랑해온 그대여, 지평선 건너 내게로 오라. 생이건, 시건, 사랑이건, 우리 함께 밀물과 썰물 되어 수평선을 드나들어보자. 아무래도 나는 그대를 영원까지 사랑하려는 것이다.

이 시집에 장미 몇 송이를 담아, 장미의 이름으로, 장미의 영혼을 지닌 그대에게 바친다.

가을 청초호에서

차 례

2부__ 너를 사랑하면 별이 떴다

3부__ 잠언시

1부

사랑은 따듯하여라

봄

봄은 마음에 있는 것
햇살 같은 마음이 봄이요
산들바람 같은 마음이 봄이다
찬바람 부는 날에도
새싹 같은 희망을 꿈꾸며
얼음장 같은 마음을 녹여
분홍빛 진달래 사랑을 꽃피운다면
그의 마음은 늘 봄에 있다

새봄

새봄에는
그늘진 마음 한켠에도 봄볕을 들여
조금은 더 따뜻하게 살 일이다

새봄에는
아지랑이 같은 꿈에라도 불길을 지펴
조금은 더 밝게 살 일이다

새봄에는
어린 꽃잎이 처음 낳은 새벽이슬처럼
조금은 더 맑게 살 일이다

사람은 봄의 씨앗,
새봄에는 사랑과 희망을 꽃피우며
조금은 더 새사람처럼 살 일이다

봄 편지

그의 이름을 부르면

마음에 봄이 찾아오는 사람이 있어

그대여, 꽃을 부르듯

너의 이름을 가만히 불러본다

사랑은…따듯하여라

입추

여름은 접어두고

가을로 들어가는 날이라는데

1년에 하루쯤

입애入愛라는 날이 있어

모든 것 접어두고

사랑으로 들어가봤으면

뙤약볕 같은 상처일랑

그늘에 벗어두고

아침부터 밤까지

알몸으로 바람의 무릎에 누워봤으면

이슥고 늙은 저녁이

주름 많은 손으로

젊은 나무들의 지친 어깨를 어루만지는 시간이 찾아오면

나는 그대의 손을 잡고 들려주리

–사실은 말이요, 아주 먼 옛날, 사람들의 눈이 별처럼 빛나던 날에는 입추가 아니라 입애라고 불렀다오

9월의 기도

9월에는
떠나간 사람들이
발걸음을 돌려
다시 돌아오게 하소서

9월에는
떠나온 사람들에게
발걸음을 돌려
다시 돌아가게 하소서

이 세상을 살아가는 동안
다시 돌아올 사람도 없고
다시 돌아갈 사람도 없는
9월이 찾아오면
나를 당신에게로 돌아가게 하소서

그러나 당신은 사랑의 신,
아직은 여름인 내 심장에 가을을 주어
다시 나를 돌아가게 하소서

나의 영혼이 나에게 돌아오고
내가 나의 영혼에게 돌아가는
9월의 첫날로

단풍

날짐승

들짐승

꽃과 풀

세상의 모든 생명이

지난 여름 땀과 눈물을

가을비로 씻어내는데

사람만 홀로 낯을 가려

나무가 얼굴을 붉힌다

라면

딱딱하게 배배 꼬인 놈이
세상에서 가장 부드러운 면발로 변해
어느 가난한 입에 부러울 것 없는 미소를 짓게 만들기 위해서는
한번은 반드시 펄펄 끓는 물에 들어갔다 나와야 한다

生이여, 알겠지?

감자

국수를 삶아 먹어야 한다며
이웃집에서 돈 백 원을 빌려 오라 하였지만
나는 저녁이 물러가도록
골목길 담벼락에 기대어 서서
감자 같은 달만 바라보았다
발부리로 땅바닥 흙을 파내다 보면
가난이나 슬픔, 아버지쯤은
넝쿨째 뿌리 뽑혀 나올 것도 같았는데
그 밤 그 자리에서
감자꽃 몇 차례 피었다 지고
씨알만 한 감자 몇 톨 등에 열려
오늘은 감자를 삶아 먹여야 한다며
가슴에 호미 같은 달이 뜬다

양파

벗은 몸이 아니라
감춘 마음이 부끄러워

양파를 까면
늘 눈물이 나는

가도 가도
흰살뿐인 생이여

귀향

어디론가 돌아가고 있는 것 같다

이 세상 오기 전
나무처럼 뿌리내렸던 곳에
홀로 나를 떠나보낸 이를 만나러
연어처럼 돌아가고 있는 것 같다

바다를 떠나
강물을 거슬러
자갈과 수초에 비늘이 벗겨지며
그곳으로 돌아가기 위해
이 모든 생의 일들이
거친 물살처럼 밀려오는 것 같다

–너무 늦어서 미안합니다
그러나 한순간도 쉬지 않았습니다

마침내 그를 만나 목쉰 소리로 이야기하면
자신의 무릎에 나를 눕히고
용암처럼 나의 뺨에 흘러내리는 눈물을
흰 손으로 닦아줄

이 세상 너머
저녁새처럼 돌아오길 기다리는
그에게로 가기 위해
넘어져도 내가 다시 일어나 걷는가 보다

연탄

마음에 눈깨나 쏟아지는 날에는

동지쯤 되는 겨울밤 반밖에 떠지지 않는 눈을 부비며 잠자리에서 일어나 오돌오돌 한기에 몸을 떨며 연탄불 구멍을 맞춰본 적이 있는 여자를 만나고 싶다

生은 타도 타도 검은 연탄이더라

영혼의 산들바람

육체는 슬퍼라*

몸은 영혼의 감옥

시간의 모래가 무너질 때

살도 함께 허물어져 내리지만

쇠사슬에 발목이 묶인 죄수는

영원히 그 감옥 벗어날 수 없기에

뼈와 뼈 사이마다

대나무 울음소리가 저녁강물로 흐르고

영혼은 슬퍼라

두 개의 창 너머

아침이 태어나는 별을 찾아

오늘도 발돋움으로 감옥 속을 서성인다

*스테판 말라르메 '바다의 산들바람'

달

손 닿지 못할 허공에
아득히 매달린 바나나

노란 껍질을 벗기면
하얗게 드러나는 속살
같은 슬픔

오늘도 허기를 늘리며 걷는
원시의 직립보행

하품

슬픔도 없는 눈물이
흘러내리고

나는 그것이 슬퍼 하품을 한다

허공에 발자국을 남기려 애쓰는 새처럼
물살에 흔적을 새기려 애쓰는 물고기처럼

나도 내가 걸어가는 이 길 위에
꽃과 별 몇 점 적어두고
하품처럼 사라지려는 것인데

밤마다 비가 내리고
거품처럼 진흙은 부풀어 올라
나는 그것이 슬퍼 골똘히 하품을 한다

생은 눈물도 없는데

코피

손톱만 한 죄도 없이 흘러내리는
영혼의 눈물

어느 이의 십자가를 적시던
보혈이기에

땅만 바라보며 살던
악착같은 목숨 하나
고개 젖혀 하늘 바라보게 만든다

기도를 잊지 말 것

새

하루에 하늘 한 번 바라볼
새도 없는 삶은
결코 살지 말아라

하루에 꽃향기 한 번 맡아볼
새도 없는 삶은
절대로 살지 말아라

오늘도 높은 나뭇가지에 앉아
더 높이 노래하는 내 영혼의 새

하루에 별 한 번 바라볼
새도 없는 빈 둥지는
정녕 되지 말아라

도토리

산길을 오르다
길가에 떨어진
파란 도토리를 손에 주워 들고
이 도토리는 헤엄을 잘 칠까, 생각해보았다
물론 그는 하늘에서 태어나
하늘에서 자라다
땅으로 떨어져
몇 놈(이크! 실례!)을 제외하곤
대개가 흙으로 돌아갈 운명일 터이니
그가 헤엄을 잘 칠 일이란
고래가 하늘을 날아오를 확률이겠다마는
구태여 그것을 묻는 이유는
내 안에서도 날마다
도토리 몇 알씩 떨어지는 까닭이다
떨어져 하늘을 날지도 못하였으니
바다라도 헤엄쳐 건너보겠다고
상기한 얼굴에
푸른 힘줄 돋는 까닭이다

어느 날이고 나는
바다를 횡단한 최초의 도토리가 되리라
다짐할 때에 툭 툭 떨어져 썩지도 않는
밤이 있다

푸르른 날

선글라스를 낀 수녀 한 분이
백사장을 가로질러
바다를 향해
빠른 걸음으로 걸어가는데
왠지 그 몸짓이
하나님께 무언가
단단히 따질 일이라도 있다는 듯싶어
엉거주춤 그 뒤를 따르려다가
오늘은 아무런 걱정도 없다는 듯
구름 한 점 보이지 않는
푸른 하늘이 눈에 들어와
길게 기지개 한 번 펼치고
제자리에 주저앉았다

오늘 같은 날은
하나님도
쉬고 싶지 않겠는가 말이다

살아가는 일이 어찌 꽃뿐이랴

봄이면 꽃으로 살고
여름이면 파도로 살고
가을이면 단풍으로 살고
겨울이면 흰눈으로만 사는
생이 어디 있으랴

어떤 날은 낙화로 살고
어떤 날은 낙엽으로 살고
어떤 날은 얼음으로도 살아야 하는 것

그런들 서럽다 말아라
때로는 밀물로 살고
때로는 썰물로 살 수 있나니

기다림

누군가 나를 기다리는 사람이 있다는 건
얼마나 눈부신 일인가

아침이 기다리는 태양처럼
밤이 기다리는 별처럼
그에게 한 줄기 밝은 빛이 될 수 있다는 건
얼마나 가슴 따뜻한 일인가

그리하여 그날을 손꼽으며
내가 그를 기다리는 건
또 얼마나 가슴 뜨거운 일인가

태양을 기다리는 아침처럼
별을 기다리는 밤처럼
그를 위해 아름다운 배경이 될 수 있다는 건
또 얼마나 맑은 눈물 같은 일인가

우리는 태어나고 기다리고 죽나니
살아서 가장 햇살 같은 날은
한 사람이 또 한 사람을 촛불처럼 기다리는 날이라네

눈

눈이 내리는
눈만을
눈이라 부른다면

나의 눈은 눈일 것인가
그대의 눈은 눈일 것인가
우리가 서로를 바라보는 눈은 눈일 것인가

이제 더 묻지 않으리

이제 삶이 무엇인지 더 묻지 않으리*
이제 죽음이 무엇인지 더 묻지 않으리
이제 사랑이 무엇인지 더 묻지 않으리
이제 이별이 무엇인지 더 묻지 않으리

꽃 한 송이가 별보다 더 밝게 빛날 수 있는가
별똥별이 낙화 한 송이보다 더 가벼울 수 있는가
하룻밤의 사랑이 천 년의 사랑보다 더 영원할 수 있는가
천 년의 이별이 하룻밤의 이별보다 더 짧을 수 있는가

이제 더 묻지 않으리
깊은 강물 위를 떠가는 꽃잎처럼 말문은 버리고

꽃 한 송이처럼 천 년을 피어날 수 있는가
낙화 한 송이처럼 천 년을 떨어질 수 있는가

*이성선 '깊은 강'

너의 모습 그대로

푸른 하늘이 더 푸르러지기를 바라랴
흰 구름이 더 희어지기를 바라랴

너의 색깔
너의 향
너의 모습 그대로

붉은 장미가 더 붉어지기를 바라랴
노란 국화가 더 향기로워지기를 바라랴

일일오주가 一日五酒歌

햇살을 담아
한 잔

꽃향기를 채워
두 잔

새 울음소리를 넣어
석 잔

님 향한 그리움을 따라
넉 잔

잠시 고개 들어
푸른 하늘을 바라보다

대나무 같은 마음을 부어
다섯 잔

커피

가장 뜨겁지만
가장 빨리 식고

가장 오래 마시지만
가장 순식간에 사라지며

누구에게나 한 잔씩 주어지지만
누구나 그 맛을 음미하지는 못하는

인생이라는 이름의
커피 한 잔

가장 쓰지만

가장 달고

가장 덧없지만

가장 향기롭나니

입과 코와 눈, 그리고 영혼으로 음미하라

마지막 한 방울까지

블랙커피

커피를 마시다
울었다

그리움이나 슬픔 때문이 아니라
커피가 뜨거워서 그랬을 뿐

손끝으로 전해져 오는
삶이 하도 뜨거워서 그랬을 뿐

이를테면 내 생은
블랙커피인 것이다

바다

바다에 앉아 바다를 보네
어제도 왔었지
내일도 오리라

왜 바다에 오냐고 묻지 말게
바다가 못 오니 내가 올 수밖에
바다도 내게 오려 저리 파도치거늘

백두산

돌아가 사랑하란다
푸른 하늘을 품고
흰 구름을 품고
별을 품고
빗방울과 눈송이마저 품고
돌아가거든 천지처럼 살란다
궁리나 셈 따윌랑 잊어버리고
한세상 그저 천지처럼 사랑하란다

천지

천치 같은 놈!
살아오면서 용암을 분출한 적이 많았다

다행이다
티끌 하나 차이에 불과했구나

심장이 식는 날까지
하늘과 구름과 별을
가슴 깊이 맑게 품으며 살아가리라

비양도

비양도에 가서 알았다
생의 절반은 일몰이라는 것을
낮 세 시면 이미 뱃길이 끊어져
어쩔 줄 모르고 파도에 제 몸을 숨기는 섬
소주 한 병을 비울 시간이면
얼굴 가슴 손 발을 모두 어루만질 수 있고
소주 반 병을 비울 시간이면
어깨에 앉아 제주라는 섬을 바라볼 수 있는 곳
보다가 가장 작은 섬은 가장 큰 대륙
보노라면 가장 큰 대륙은 가장 작은 섬이었기에
생의 절반은 일출이라는 것을
비양도를 떠나며 뱃멀미처럼 나는 앓았다

금능 해변

금능 해변에서 보았다
한때는 뭍이었던 것이 바다가 되고
한때는 바다였던 것이 뭍이 되는 것을
사람의 만남 또한 저와 같아
한때는 사랑이었던 것이 이별이 되고
한때는 꽃이었던 것이 가시가 되겠지만
어느 먼 훗날
우리의 사랑이
깊은 바닷물 속에 잠긴다 해도
너를 향한 그리움은 늘 해초처럼 일렁이리라

한라산

한라산에 오른다
더 높이 올라갈 곳도 없고
더 멀리 나아갈 곳도 없고
더 깊이 가라앉을 곳도 없는데
그깟 것은 보아 무엇하느냐며
안개마저 한 손짓에 휘휘 지워버리는
이 세상 낮은 땅…안개 같은 인연들이여
그래도 아직은 내 가슴속 따스한 바람 불기에
더 높이 올라갈 곳을 찾아
더 멀리 나아갈 곳을 찾아
더 깊이 가라앉을 곳을 찾아
다시 한라산을 내려온다

초평호

운명 같은 여자 하나 손 붙잡고
한나절쯤 물가에 앉아 바라보면
호수가 아니라 강이었다가
강이 아니라 바다였다가
바다가 아니라 샘물이었다가
샘물이 아니라 눈물이 되는
그러다 해 질 무렵에는
이별이 아니라 사랑이 되는
사랑이 아니라 운명이 되는

청초호

미시령에서 길 떠나올 제
사람들 상한 마음 씻어주고
청호동에 잠시 머물며
푸른 하늘의 얼굴을 옥빛으로 닦아주더니
마침내 먼 바다로 흘러가
동해의 맑은 피가 된다
그대 얼굴 비춰보지 마라
남은 날을 어찌 살아가리

청대산

밤이 오면
사람의 집들이
별들의 마을로 변해

청대산 산벌레는
오늘도 시 한 수

백 년을 살아도
속초에 가본 적이 없다면
인생을 헛산 것이오*

백 번을 갔어도
청대산 야경을 본 적이 없다면
속초를 헛간 것이다

*중국에는 "장가계에 가본 적이 없다면 인생을 헛산 것"이라는 말이 전해 내려오고 있다.

청대산

그대에게 줄 별 하나 얻으려 올랐는데

별이란 별은
모두
땅으로 내려와
청초호에 둘러앉아 목을 축이고 있다

몇은 웃고
몇은 울고
몇은 호수에 얼굴을 씻고
몇은 어디론가 꽃잎처럼 흘러가고

흰 구름 사이로 고개 내민
별 하나
이제라도 내려갈까 망설이는데

바다가 먼저 발길을 돌려
별들의 마을로 걸어온다

토왕성폭포土王城瀑布

그저 그런 사랑이라도
마쳐야 하는 날엔
은하수 건너
토왕성폭포로 가자
백만 광년쯤 떨어진 곳에서 떨어져 내리는
폭포 소리에 묻어 울어도 보고
계곡물에 슬쩍 눈물도 흘려보고
저물녘까지 바위처럼 앉아
돌아갈 곳을 잊다가
별 하나 둘 셋
어깨를 맞대고 둘러앉는 밤이면
은하수 이편 건너
푸른별로 돌아와
다시는 떨어지지 않을 사랑을 하자
다시는 천 길을 떨어져도 좋을 사랑을 하자

선운사

아무래도 헤어지기 어려운 여자와
선운사 대웅전 뒤켠으로 함께 가
이별은 동백꽃 모가지째 떨어지듯이 하잔께
말하였더니 그 여자 눈물만 송이송이 떨어뜨리며
이제 막 땅에 떨어진 동백꽃 하나 주워 들더니
참, 징하요, 말하는 것이더라

동백

한 봄날이어도
지는 놈은 어느새 지고
피는 놈은 이제사 피는데
질 때는 한결같이 모가지째 뚝 떨어져

–이래 봬도 내가 한때는 꽃이었노라

땅 위에 반듯이 누워 큰소리치며
사나흘쯤 더 뜨거운 숨을 몰아쉬다
붉은 글씨로 마지막 유언을 남긴다

–징하게 살다 가네

선암사

선암사에 가보면 안다
겨울을 지나온 매화는
밤에도 향기를 멈추지 않는다는 것을
선암사에서는 매화가 가장 불심이 깊다

선암사에 가거든 물어보아라
이별을 지나온 사랑은
어떤 향기를 드높이 피워야 하는가
선암사에서는 겨울을 지나온 사랑이 가장 그리움이 깊다

선암사에 매화 피거든
매화길 담벼락에 기대어 서서
백매화 홍매화 수런거리는 소리에 귀 기울여보아라
선암사에서는 겨울을 지나온 목숨이 가장 사랑이 깊다

고래

사람들은 모두 잊어버렸어
깊은 바닷속 큰 고래 한 마리 살고 있다는 걸
밀물은 고래의 날숨
썰물은 고래의 들숨이라는 걸
그래서 그들은 또 잊어버렸지
우리 가슴속 깊은 곳에도
고래 한 마리 아직 살아 숨 쉬고 있다는 걸

멸치

말라비틀어진

삶을 달래 보겠노라

맥주 두 병과

멸치 한 주먹과

고추장 반 종지를 마련하여

세 평 방바닥에 정좌하였는데

한 모금을 채 마시기도 전에

나보다 더 말라비틀어져

그것도 생이 아니라 죽음으로 말라비틀어져

자신의 차례도 모르는 채

적멸을 기다리는

멸치와 멸치,

멸시도 아닌 저 멸치를

무거이 손바닥에 올려놓고

바닷속 그의 젖은 생애를

물길따라 이리저리 헤집어 보다가

가만히 자리에서 일어나

두 번 절을 올린 후

나는

멸치와 몸을 섞고

맥주잔에 담긴 푸른 바다를 냉큼 들이마셨다

–바다를 사랑한 것이 어찌 고래뿐이랴

새들도 하루씩 사는구나

시베리아에서 물고 온 윤슬이
은빛으로 반짝이는 금강 하구,
마지막 햇살이 땅으로 떨어질 때
일제히 창공으로 날아오른
삼십만 마리 가창오리 떼가 펼치는
신비의 군무를 바라보던
외사람 외마디

ㅡ새들도 하루씩 사는구나!*

*황지우 '새들도 세상을 뜨는구나'

불의 노래

한때는 나무였었지

푸른 잎 모두 떠나보내고
금빛 노을 불타는
숯불 몇 점으로 남았지만
천 년을 재 속에 파묻혀도 꺼지지 않을
잉걸불 불씨 하나 가슴에 품고
어두운 밤하늘 높이 불티 날려 보낸다

오늘은 불의 나무 되어 불의 꽃을 피우리

외골수

아

무

리

물

을

마

셔

도

늘

목

이

마

르

고

아

무

리

멀

리
날
아
도
늘
제
자
리
를
맴
도
는
뿔
이
높
아
슬
픈
짐
승
하

나
내
안
에
외
발
로
서
있
다

다행이다

드문드문
내 안의 나를 불러내
두 손으로 악수를 청하거나
힘껏 안고 등을 두드려주거나
술 한 잔쯤 코가 비뚤어지도록 대접해주고 싶기도 한데
도무지 그는 내키지 않는 모양인지
내가 찾을 적마다
문을 걸어 잠그고 아무런 대답이 없어
나는 내 안의 나도 없이 홀로 술을 마시는 적이 많다
그는 아무래도 나보다는 높고 외로운 것이다
다행이다

시인의 아침

살아가는 일이
식은 커피처럼
쓸쓸한 사람들의 빈 가슴에
사랑이라는
뜨거운 커피 한 잔
가득 따라주고 싶어
심장의 화로 위에
가장 깨끗한 언어를 올려놓고
천 년을 가시지 않을
높고 향 맑은 시를 끓인다

시의 독자여

그대가 영혼을 따뜻하게 만들어주는
한 편의 햇살 같은 시를 읽을 때
시인의 손에 감사함을 느끼지 못한다면

그대가 영혼을 맑게 정화시켜주는
한 편의 샘물 같은 시를 읽을 때
시인의 주름에 미안함을 느끼지 못한다면

그대는 무엇을 위해
시를 읽고 있는 것인가

그대의 영혼이
한 줄의 시도 되지 못한다면

슬픈 병

아무런 치료의 방법이 없어
서너 겨울쯤 詩름詩름 앓다가
끝내 죽음의 강을 넘는다 해도
내 기꺼이 너의 환자가 되리니
詩여, 세상에서 가장 슬픈 병이여
오늘도 온몸으로 애인처럼 너를 앓는다

추상 4

아무래도 내가 어느 멀리 열사의 나라로 가서 낙타처럼 사막 몇 개쯤 건너야 할 일이다 암흑 속에 누워 별을 보며 모래바람에 흐려진 눈을 씻고 해가 뜨는 아침마다 시린 무릎을 꿇고 오아시스의 기도를 드려야 할 일이다 전갈의 꼬리를 치켜세우지는 않으리 선인장이 태양을 해바라기하듯 달과 이슬만을 숭배하며 한걸음씩 한걸음씩 가파른 사구를 넘으리 마침내 도착한 초원의 땅, 마지막 발걸음을 옮기기 전에 못내 서운하다는 듯 뒤돌아서서 시간의 모래 위에 한 줌의 시를 적어놓으리 그 첫 문장은 이러할 일이다 아무래도 내가 어느 멀리 빙하의 나라로 가서 북극곰처럼 겨울잠 몇 만 해쯤 자야 할 일이다

추상 5

자줏빛을 띤 푸른 화분에 붉은 열매를 맺은 화초 한 그루가 심겨져 있다 나는 그의 이름을 모른다 그도 나의 이름을 모르리라 그리하여 나는 그와 정중한 인사를 나누기로 마음먹었다

–형氏, 우리 인사나 나눕시다
나는 사람이라고 하오

그 나무는 미처 예상치 못한 행동이었다는 듯 순간적으로 몸을 조금 움찔하더니 이윽고 열매가 가장 무성한 가지 한 줄기를 내밀어 내 손을 움켜잡고는 제법 격정적인 악수를 나누며 말했다

–반갑소, 나는 나무라고 하오

지금까지의 내용에는 아무런 메시지가 담겨져 있지 않으므로 이것은 아직 詩가 아니다 또는 이것은 좋은 시가 아니다 그러니까 이것은 아직은 돼먹지 못한 詩인 것이다

그런데…나무여…너도 나무이기는 한 것인가?

어떤 식물의 뿌리는 물속에 떠 있다 한다

추상 6

게에들람사 다보리자잠 한요중 건 만지테일리자잠 말정 한요중 건 리자잠, 는나 과신당 께함 을늘하른푸 게롭유자 며니다아날 고하미교 어싶, 할백고 수 는있 리자잠 은닭 자여 나하 나만 다마밤 을별 해야해란산, 론물 도직아 게네 가개날 아남 면다있 지이말, 게떻어 해각생? 여이혼영!

우한시족의 기도

우주는 바다
지구는 섬
사람은 모래알

해가 뜨는 날에는 반짝이고
비가 오는 날에는 젖고
파도가 치는 날에는 쓸려가네

영혼이 살아 숨 쉬는 동안
우리가 알아야 할 것은
오직 이 한 가지

영혼이 마지막 숨을 멈출 때까지
우리가 잊지 말아야 할 것도
오직 이 한 가지

조금 더 반짝인다고 기뻐하지 말고

조금 더 젖었다고 슬퍼하지 말라

파도가 치는 날에는 모두 바다의 품으로 돌아간다

*'우한시'족은 네이버 밴드에 살고 있다. 하루에 한 끼는 시를 먹는다고 한다.

2부

너를 사랑하면 별이 떴다

봄비

누가 먼 길을 떠나는가 보다

갓 피어난 꽃잎마저
훌쩍 뛰어내려
젖은 길을 촘촘히 수놓고

다시 돌아올 수 없는 누가
영원히 떠날 수 없는 사랑을 떠나는가 보다

이 비 그쳐도
그치지 않을 사랑 하나
어느 먼 길을 떠나는가 보다

9월이 오면

여름 닮은 여자 하나 만나
9월 같은 남자가 되고 싶네
이마에 맺힌 땀방울을
가을빛 손수건으로 닦아주고
그녀의 가슴속 멀고 깊은 곳
일몰도 없이 불타오르는 태양을 꺼내
이제 막 단풍이 들기 시작한
은행나무 가지 끝에 걸어놓곤
9월의 바람으로
생의 열기를 식혀주리
그녀의 눈은 달처럼 빛나겠지
9월이 오면

가슴에 종을 울리는 이여

누군가를 생각할 때
가슴에 종이 울린다면
그것은 사랑이다

햇살 속에서나
어둠 속에서나
나의 두 손 모아
기도 드리게 만드는 이여

그대가 사랑이다
지금 내 가슴속
만 개의 종 울려 퍼지고 있나니

그대가 나를 사랑한다면

그대가 꽃을 사랑한다면
나는 봄을 사랑하고
그대가 눈을 사랑한다면
나는 겨울을 사랑하리

그대가 구름을 사랑한다면
나는 하늘을 사랑하고
그대가 오솔길을 사랑한다면
나는 대지를 사랑하리

그대가 별을 사랑한다면
나는 어둠을 사랑하고
그대가 어둠을 사랑한다면
나는 밤을 사랑하리

아, 그러나 그대가 나를 사랑한다면
나는 이 모든 것을 잃더라도 오직 그대만을 사랑하리

사랑이 오는 소리

비는

방울방울 오고

눈은

송이송이 오네

사랑은

어떻게 오나

그야 물론

송울송울 오지

내가 사랑을 한다면

모래 위에 쓰면
파도가 밀려와도 지워지지 않을

눈 위에 쓰면
태양이 내리쬐도 녹지 않을

꽃잎 위에 쓰면
비에 젖어도 지지 않을

단풍 위에 쓰면
바람이 불어도 떨어지지 않을

그대 가슴 위에 쓰면
심장이 식어도 꺼지지 않을

너를 사랑하면 별이 떴다

너를 생각하면
촛불이 켜졌다

너를 그리워하면
꽃이 피고

너를 사랑하면
별이 떴다

그 별을 바라보며
오늘도 너를 향해 강물이 흘렀다

백야

태양이 지평선 아래로
가라앉지 않아 생겨나는
白夜, 가장 긴 곳은
6개월 이상 지속된다 한다

내 사랑의 백야,
12개월 동안 지속된다

붉은 신기루

사막 같은 사랑이여
모래바람이 별의 눈을 가리는 밤에도
나는 낙타처럼 울며 너를 건넜나니
지나온 모든 발자국이 사라진다 해도
걸어갈 모든 발자국이 사라진다 해도
영원히 사라지지 않을 붉은 신기루 하나
오늘도 내 가슴에 뜨겁게 피어오른다

여자도

백사장에 홀로 앉아
해 질 녘까지 바다를 바라보는
여자의 뒷모습은
섬을 닮았다

세상 어떤 배도 닻을 내린 적 없는

너의 사랑법

한 사람의 이마에 닿자마자
순식간에 녹아 사라져버리는
작은 눈송이 같은 것

그럴지라도 그 사람의 입가에
일생을 두고 잊히지 않을
커다란 미소 하나 남기는 것

너의 사랑법,
내 심장에 폭설로 쏟아진다

사팔뜨기

너를 바라보기 위해서는
어느 먼 곳을 바라보아야 하고

너를 사랑하기 위해서는
어느 먼 사람을 사랑해야 한다

나의 사랑은
사팔뜨기

한 번도 마주친 적 없지만
한 번도 외면한 적 없었다

사랑에게 말한다

그토록 그를 울리던 여름이 떠났는데
매미는 왜 죽는 걸까

사랑이여
너에게 그 이유를 들려주고 싶다

그 해 사랑은

그 해 사랑은
배춧값처럼 폭락했다

절룩거리는 시간이
대지의 끝을 향해 세 발로 달렸으나
사랑은 죽어도 이별은 살아남아야 하는 것

지금 여기 썩은 채로 버려져
운명조차 거들떠보지 않는
슬픔 하나
죽은 별처럼 빛나고 있어

그 해 사랑은
울음도 없는 무덤을 파며
영원히 닿을 수 없는 심연을 향해
시든 몸을 던졌다

사랑은

돌멩이를 떠나보내지 않으려
제 몸을 얼려버린 겨울강처럼
사랑하다

꽝꽝 얼어붙은 겨울강에
꿈쩍 않고 박혀 있는 돌멩이처럼
죽었다

그래도 아름다웠다

너와 나의 그리움엔 끝이 없어

산이 높아도

나의 그리움보다 높지 않고

바다가 깊어도

너의 그리움보다 깊지 않다

장미가 붉어도

나의 그리움보다 붉지 않고

눈이 희어도

너의 그리움보다 희지 않다

사람들은 알지 못하리

시간과 우주,

그리고 너와 나의 그리움의 끝

햇살이 밝아도

나의 그리움보다 밝지 않고

별이 빛나도

너의 그리움보다 빛나지 않는다

천 년의 별빛

너의 사랑은
해가 뜨지 않는 날에도 찾아오는 아침이요
나의 사랑은
달이 뜨지 않는 날에도 찾아오는 밤이다

너의 사랑은
비 오는 날에도 피어나는 꽃이요
나의 사랑은
눈 내리는 날에도 흘러가는 강물이다

너의 사랑은
수평선 너머 수평선
나의 사랑은
지평선 너머 지평선

영원한 사랑은 없다, 라는 말은
그릇된 것이네

너의 사랑은
어둠 속에서도 떠오르는 달이요
나의 사랑은
달조차 없는 밤에도 천 년을 달려가는 별빛이다

꽃의 저녁

해거름에 수줍게 피어난 꽃 한 송이
붉은 노을에 흰 꽃잎을 물들이네

바람이 부는 것을 두려워하랴
밤이 깊어가는 것을 슬퍼하랴

오늘은 바람과 함께 춤을 추고
내일은 사랑이 깊은 것을 기뻐하리

해거름에 순결하게 피어난 꽃 한 송이
검은 어둠을 붉게 물들이네

나무가 땅을 사랑하여

떠나요, 더 멋진 곳으로

수천 년 동안 바람이 손을 이끌어도
나무는 한 번 뿌리 내린 땅에서
죽는 날까지 떠나지 않는다

그대, 나의 대지여
오늘도 너의 심장 깊이
강철보다 단단한 뿌리를 뻗는다

나의 눈물로 그대의 발을

그대와 나의 사랑이 아름다운 것은
우리가 장미꽃이라서가 아니라
우리가 선인장의 가시를 지니고 있어도
온몸으로 서로를 끌어안고 있기 때문입니다
그 상처에서 흘러나오는 맑은 피가
우리 영혼의 뿌리를
어느 때고 가물지 않도록 적셔주기 때문입니다
사랑하는 이여
나의 눈물로 그대의 발을 씻기나니
그대와 나의 사랑이 아름다운 것은
우리가 빛을 받을수록
더욱 반짝이는 보석이 아니라
우리가 어둠이 짙을수록
더욱 빛나는 별이기 때문입니다

손톱

멀리 튀어 달아난 손톱처럼
네가 떠난 후

나의 일이란
바짝 잘린 손톱을 동글게 다듬을 뿐이다

이제 곧 손톱이 다시 자랄 것을 의심치 않으나
그 또한 하늘에 걸린 초생달처럼
높이 떠날 것도 의심치 않는다

새 손톱이 돋거든
곱지 않아도 제멋대로 자라게 두리라

반달

너는 누구 때문에
반쪽이 되었니

그제 내게 묻던 반달

오늘은
반의 반쪽 되었네

그대가 돌아오는 저녁

노을이 대지의 심장에
붉은 용암을 쏟아붓는 시간과
밤이 별의 목에
흰 진주를 걸어주는 시간 사이에
그대가 돌아오는 저녁이 있다
어둠의 새를 타고 날아와
그대는 나의 발 가에 천 개의 촛불을 켠다
어디선가 장미꽃 향기가 퍼져오고
어디선가 포도주를 따르는 소리가 들려오고
어디선가 바다가 무인도에 닻을 내리면
약속이었다는 듯이 흩어졌다 밀려오는 안개처럼
그대가 돌아오는 저녁이 있다
약속이었다는 듯이 흩어졌다 밀려가는 안개처럼
그대에게 다시 돌아가는 저녁이 있다

성냥

이를테면, 한 사람의 가슴에
촛불 한 자루가 켜지는 일을
사랑이라 부르는 것이겠지만

어쩌면, 한 사람의 가슴에
촛불을 밝히기 위해 자신의 심장을 불태우곤
어둠 속으로 사라지는 성냥 한 개비의 일을
나는 사랑이라 부르고 싶은 것이다

콩깍지

이를테면, 두 사람의 눈에
콩깍지가 씌이는 일을
사랑이라 부르는 것이겠지만

어쩌면, 두 사람이 하나의 꼬투리에 모여
콩깍지가 터지기 전까지 서서히 익어가는 일을
나는 사랑이라 부르고 싶은 것이다

사랑의 마음

주고 싶은 것만 주는 것은
사랑이 아닙니다

주고 싶을 때만 주는 것도
사랑이 아닙니다

주는 만치 받으려 하는 것은
더욱 사랑이 아닙니다

주고 싶지 않은 것도 주고
주고 싶지 않을 때도 주고
받을 것을 생각하지 않고 주는 것

그것이 진정한 사랑입니다
그것이 사랑의 마음입니다

사랑의 힘

사랑은 때론
외로움을 가져다줍니다

사랑은 때론
아픔을 안겨주고

사랑은 때론
상처를 남겨주지만

그대여, 사랑이 부르거든
그의 손을 뿌리치지 마세요

사랑은 언제나
이 모든 것을 이겨낼 수 있는 힘을 주니까

어느 날 사랑이

어느 날 사랑이 찾아온다면

덫이든
늪이든
작은 새장이든
영원한 무덤이든

오! 어느 날 사랑이 다시 나를 찾아오기만 한다면

백일홍이든
사막의 신기루든
한여름밤의 꿈이든
영원한 십자가든

장미의 이름으로

아침노을이 짙다고
흰 장미가 붉어지랴

저녁 어둠이 깊다고
붉은 장미가 검어지랴

비 오는 날에도
향기를 멈추지 않고

바람 부는 날에도
꽃망울을 터뜨리니

장미의 이름으로
맹세하리라

그대 가슴엔 흰 장미
나의 가슴엔 붉은 장미

사랑새

사랑해라고 쓰는데
사랑새라고 오타가 났다

문득 내 가슴에서 푸드득 날아올라
너를 향해 날아가는 작은 새 한 마리

새여,
돌아올 때는 붉은 해 부리에 가득 물고 돌아오라

사랑해

아침에는 이슬을 모아쓰고
낮에는 햇살을 모아쓰고
저녁에는 노을을 모아쓰고
밤에는 별빛을 모아쓰네

봄에는 꽃잎을 모아쓰고
여름에는 빗방울을 모아쓰고
가을에는 단풍을 모아쓰고
겨울에는 눈송이를 모아쓰네

그대 눈으로는 읽지 못하리
내가 쓰는 불과 심장의 언어

사랑해! 사랑해! 사랑해!

풀잎에 매달린 이슬처럼
바람에 흔들리는 촛불처럼
햇살을 품은 아침 호수처럼
태양을 삼킨 저녁바다처럼
지구의 주위를 공전하는 달처럼
천 년 만에 다시 분출한 화산처럼
사자를 처음 본 어린아이의 심장처럼
장미꽃에 내려앉는 흰나비의 날갯짓처럼
북극성을 바라보며 항해하는 돛단배처럼
이제 막 쌓인 눈길을 걸어가는 첫발자국처럼

살아 숨 쉬는 모든 들숨마다
살아 숨 쉬는 모든 날숨마다
살아 숨 쉬는 모든 들숨과 날숨 사이마다

사랑해! 사랑해! 사랑해!

사랑해로는 부족할 때

아침마다 온 세상을 빛으로 비추듯
너를 태양해

저녁마다 태양을 따뜻이 품에 안듯
너를 바다해

심장마저 붉게 타오르듯
너를 장미해

그리움으로 온몸이 물들어 버리듯
너를 노을해

이 세상 끝나는 날까지 영원히
너를 기도해

꽃과 별, 바람의 말

그대여,
당신을 향한 나의 사랑이
진실한 사랑인지 알고 싶다면
나의 입이 아니라
나의 눈이 하는 말에
귀 기울여주세요

그대여,
나를 향한 당신의 사랑이
진정한 사랑인지 알고 싶다면
당신의 머리가 아니라
당신의 심장이 하는 말에
귀 기울여주세요

그리고 또 귀 기울여주세요
당신과 나의 사랑이
영원한 사랑인지 알고 싶다면
어리석은 사람들의 한탄이 아니라
꽃과 별, 바람의 말에

그들은 이렇게 말하고 있답니다
바람은 보이지 않으나 존재하고
꽃은 피었다 지지만 다시 피어나고
별은 어둠 속에서도 빛을 잃지 않는다고

한 시간

너를 기다리는 동안 꽃이 폈다
너를 기다리는 동안 비가 내리고
너를 기다리는 동안 단풍이 들었다
너를 기다리는 동안 낙엽이 지고
너를 기다리는 동안 눈이 내렸다

너를 기다리는 동안 천 년이 흘렀다
죽었다 살아나고
묻혔다 부활하고
한 별이 태어나고 한 별이 죽고
또 다른 별이 기쁨 속에 태어났다

너를 기다리는 동안 사랑을 했다

만나고 헤어지고

그리워하고 미워하고

사랑하고 이별하고

또 다른 사랑을 눈물 속에 꽃피우면서

가장 짧은 찰나의 사랑이

가장 긴 영원한 사랑이라는 것을

너를 기다리는 동안 나는 사랑을 알았다

자음이 모음을 기다리듯

그대를 만나기 전부터
나는 그대를 기다렸지

새가 아침을 기다리듯
나무가 봄을 기다리듯
1월이 새해를 기다리듯

그대를 만난 후에도
나는 그대를 기다렸지

개펄이 밀물을 기다리듯
풍경이 바람을 기다리듯
대지가 비를 기다리듯

사랑이란

기다림의 씨앗으로 태어나

기다림의 꽃으로 열매를 맺는 것

그대가 사라진 별이 되는 날에도

나는 그 별빛을 영원토록 기다리리니

자음이 모음을 기다리듯

우체통이 편지를 기다리듯

바다가 강물을 기다리듯

푸른 등대

사랑하는 일에
그리운 마음으로 밤을 새운 아침
이제 막 잠에서 깨어난
바다의 귀를 잡아당겨 말해주었다
언제고 네가 살아가는 일에
외로운 마음으로
저녁바다의 발목에 앉는 날이면 듣게 되리라

–사랑이라는 배가
수평선 너머로 떠나간다 해도
그리움은 등대처럼 남아
오래도록 밤바다를 불 밝히는 것
너의 가슴엔 흰 등대 하나
나의 가슴엔 붉은 등대 하나
바다의 가슴엔 푸른 등대 하나

그 때가 되면 너는 바다의 얼굴을 잡아당겨
그 입술에 입을 맞추며 이렇게 말하게 되리

—사랑이란 낮이나 밤이나 꺼지지 않을
등대 하나 가슴에 불 밝히는 것
나의 가슴엔 붉은 등대 하나
너의 가슴엔 흰 등대 하나
사랑의 가슴엔 푸른 등대 하나

일생의 사랑

호수의 가슴에
파문 하나를 일으킨 후
돌은 망설임도 없이
깊은 수면 아래로 가라앉았습니다
호수는 가장 먼 가장자리까지
일평생 동심원을 띄워 보냈습니다

네가 일으킨 파문 하나
이제 막 가장 먼 가장자리에 닿는다

5월과 7월 사이에 그대가 있다

5월과 7월 사이에

그대가 있다

장미와 장마 사이에

꽃과 천둥 사이에

불과 물 사이에

짐작도 못한 채 툭 떨어져버린

푸른 낙엽의 얼굴로

그대가 있다

사랑이란 그런 것

피어야 할 운명이기에 피고

져야 할 할 운명이기에 지는 것

한때는 사랑의 번개에 눈이 멀고

영원토록 이별의 번개에 가슴이 멀지만

5월이 다시 돌아오면

나는 7월이 오기까지 기억하리니

사랑과 이별 사이에

햇살과 노을 사이에

그대와 나 사이에

어느 눈부신 봄날이 있었다

사랑의 연대기

우리는 사랑을 했지
너는 남반구의 백야처럼
나는 적도의 태양처럼

우리는 이별도 했지
너는 북반구의 흑주黑晝처럼
나는 남극의 빙하처럼

시간의 강물이 흘러도 우리는 그리워했지
너는 12월의 목련처럼
나는 8월의 눈처럼

마지막 페이지에는 이렇게 적혀지리
오래전 찬란히 빛나던
장미와 불의 시대가 있었네

여을비

누가 먼 길을 돌아오나 보다

태양처럼 불타오르던 심장
차갑게 식었는데
그리움은
단풍처럼 물들어 가

영원히 돌아오지 않으리라던 누가
가을처럼 돌아오나 보다

이 비 그치면
여름처럼 떠나야 할 누가
다시는 돌아올 수 없는 사람에게
먼 길을 돌아오나 보다

3부

잠언시

행복

별을 따려 하지 말 것

지금 지구라는 별에 살고 있다는 사실을 기억할 것

사랑

맑은 날에는
잠시 잊혀지더라도

흐린 날에는
가장 소중한 우산처럼

심장

사랑은

사람의 심장

사람은

우주의 심장

뛰어라

뛰고 또 뛰어라

인생

인생이란 건널목과 같은 것

신호등이 바뀔 때까지 잠시 기다려야만 하는 순간들이 있네

따뜻한 말

'벌레가 먹은 나뭇잎'이 아니라

'벌레 먹은 나뭇잎'처럼

작은 위로

그래

너의 성격은 모가 났지

그래도 괜찮아

장미는 가시를 부끄러워하지 않는다

별이 빛나는 건

울지 마

별이 빛나는 건
눈물 때문이 아니라
미소 때문이야

하늘에서 떨어지는 날에도
별은 가장 긴 미소를 지으며
땅에 내려앉는단다

죽기가 살기보다 힘든 건

열 달만 기다리면

태어나지만

백 년을 기다려야

죽는다

꿈

꿈이었으면...바라기도 하고

꿈은 아니길...바라기도 하지만

모두 꿈

사랑

가장 많이 사랑한 사람이
가장 깊은 상처를 주지만

가장 깊은 상처를 받은 사람이
가장 큰 사랑을 한다

민물이 바다를 사랑하여

강은

바다로 흘러가

함께 짠물이 되었다

그리고 사랑

건너지 못하면

죽음에 이르는 것들이 있다

늪

강

사막

그리고 당신

문득 길을

잃어버리게 만드는 것들이 있다

어둠

안개

사랑

가장 큰 가난

곳간에 쌀이 아니라
마음에 햇살이 없는 것

밥상에 찬이 아니라
영혼의 창이 굳게 닫혀 있는 것

금고에 금이 아니라
사랑에 금이 가 있는 것

지갑에 돈이 아니라
주머니에 조약돌을 담아본 적이 없는 것

이런 시를 읽을 시간이 없는 게 아니라
이런 시를 읽는 순간에도 입가에 미소가 떠오르지 않는 것

가난한 영혼을 위한 노래

살아가는 동안
진정 부끄러운 일이란
빈손이 아니라 움켜쥔 손이네

주머니 속에 가득 찬
한 줌의 황금이 아니라
맑은 눈에 담긴
수만 개의 별빛을 기뻐할 것

사람은 신의 아들
하늘과 햇볕, 바람과 별이 있는 한
그의 영혼은 결코 가난할 수 없다

뿌리

사람은 기도하는 식물
누구나 뿌리를 내리고 살아가나니

어떤 이는 꿈에
어떤 이는 돈에
어떤 이는 명예에
어떤 이는 권력에
어떤 이는 사랑에
뿌리를 뻗으며 살아간다네

태풍이 부는 날이면 알게 되리니
누가 뿌리째 뽑혀 허공으로 날아가는지

이렇게 말하라

그대의 삶에 어둠이 밀려올 때 이렇게 말하라
–아직 나의 눈은 빛난다

그대의 삶에 눈보라가 몰아칠 때 이렇게 말하라
–아직 나의 피는 뜨겁다

그대의 삶에 어둠과 눈보라가 한꺼번에 찾아올 때
–아직 나의 심장은 뛰고 있다

그리고 또 이렇게 말하라
–아직 나의 영혼은 잠들지 않는다

저녁 기도

시간이라는 새가
오늘이라는 꽃 한 송이를 물고
과거라는 산을 넘어 날아간다

오늘 밤에도
나는 그 꽃에 물을 주리라

사랑과 이별 사이에

햇살과 노을 사이에

그대와 나 사이에

어느 눈부신 봄날이 있었다